谭五昌 主编
吴光琛 邓涛 刘建华 副主编

新江西诗派书系

陌上花开

舒喆 著

江西高校出版社

图书在版编目（CIP）数据

陌上花开 / 舒喆著 . -- 南昌：江西高校出版社，2024.1
（新江西诗派书系 / 谭五昌主编）
ISBN 978-7-5762-4331-4

Ⅰ.①陌… Ⅱ.①舒… Ⅲ.①诗集—中国—当代
Ⅳ.① I227

中国国家版本馆 CIP 数据核字（2023）第 215049 号

出版发行		江西高校出版社
社　　址		江西省南昌市洪都北大道 96 号
总编室电话		（0791）88504319
销 售 电 话		（0791）88517295
网　　址		www.juacp.com
印　　刷		浙江海虹彩色印务有限公司
经　　销		全国新华书店
开　　本		889 mm × 1194 mm　1/32
印　　张		6
字　　数		127 千字
版　　次		2024 年 1 月第 1 版
印　　次		2024 年 1 月第 1 次印刷
书　　号		ISBN 978-7-5762-4331-4
定　　价		58.00 元

赣版权登字 -07-2023-819
版权所有　侵权必究
图书若有印装问题，请随时向本社印制部（0791-88513257）退换

"新江西诗派书系"编委会

主编

谭五昌

副主编

吴光琛

邓　涛

刘建华

编委（排名不分先后）

刘立云	程　维	雁　西	庄伟杰	杨四平	何言宏
邹建军	龚　刚	吴投文	孙晓娅	陈　卫	于慈江
张德明	路文彬	胡少卿	胡刚毅	大　枪	杨北城
龚奎林	舒　喆	王彦山	赵金钟	刘　波	罗小凤
陈小平	李　犁	晏杰雄	王学东	洪老墨	李贤平

新江西诗派书系

总序

2002年4月，时在北京大学攻读文学博士的我在江西赣州举行的谷雨诗会上，以一位青年评论家的敏锐与热情，在发言中大胆倡议创立新江西诗派，以合理继承江西诗派的衣钵，全面整合新世纪（21世纪）江西诗歌（新诗）创作资源，大力推动江西诗歌（新诗）的发展。未曾想到，我创立新江西诗派的倡议在与会的数十位江西籍诗人与评论家当中获得了热烈的响应与一致的支持。就在当年的10月份，由我主编的《新江西诗派》创刊号以民刊的形式问世，一下子推出了四五十位新江西诗派成员的作品，人气之旺盛，令我深受鼓舞，随后得到了诗坛许多有识之士的热情肯定与大力支持。更让人欣喜的是，"新江西诗派"作为一个诗歌流派概念很快被正式收录进百度词条当中。2012年，我联合一些江西籍知名诗人，编选了《21世纪江西诗歌精选》一书，意图总结新江西诗派成立十年来江西籍诗人们（以新江西诗派成员为主体）的创作成绩。该诗歌选本在江西诗歌界产生了广泛而深远的影响,由此凸显了新江西诗派成员们令人瞩目的创作实力。2022年年初,时值新江西诗派创立20周年之际,我萌生了编选"新江西诗派书系"的想法,意在对新江西诗派重要成员的诗歌创作成果,进行集中性的展示,以充分呈现江西作为一个诗歌大省在当下中国诗坛的地域性特色与独特的思想艺术风貌。我的想法很快得到了江西高校出版社的肯定与认可,于是我在2022年上半年便开始着手"新江西诗派书系"(第一辑十卷本)的组稿与编选工作。

这套"新江西诗派书系"(第一辑十卷本)集中推出刘立云、程维、雁西、吴光琛、大枪、邓涛、胡刚毅、王彦山、舒喆、谭五昌等十位新江西诗派代表性诗人的个人诗集。在较大程度上,这十位诗人的诗集呈现出了新江西诗派诗歌创作的群体风格、个性特色与美学格局。由于这套"新江西诗派书系"(第一辑十卷本)着力凸显流派风格与地域特色,可以预见,这套诗歌书系的编选与出版,将充分彰显其独特的审美艺术价值与可能的文学史(诗歌史)价值,从而获得当下中国诗歌批评界与研究界的应有关注与重视。

是为序言。

谭五昌

2022年10月22日深夜写于北京京师园

2023年6月13日改定于北师大珠海校区

目录

- 我爱祖国　001
- 异乡人的星空　003
- 北京蓝　004
- 把你送给我的诗句绣成孤品　005
- 第一场秋雨　006
- 风吹过稻田我们就会想起你
  ——悼念水稻之父袁隆平先生　007
- 我逃离不去的秋夜　009
- 我无比眷恋的山丘　010
- 幸福是很难翻译的　011
- 谁与我牵手共寥廓　012
- 国庆节　013
- 周末陪母亲小酌　014
- 离乱　015
- 如果没有你　我的月亮圆给谁　016
- 放牧　018
- 镜中的自己　019

我抬头看你像你又不是你	020
今天我想讴歌	021
孩子在发烧	022
鄱阳米粑	023
我的江河遥远	025
想家	027
六一	028
母亲走到哪里就照亮哪里	029
老	030
一颗诗心有多软 ——记2016年8月7日谭五昌先生与江西诗友相聚	033
微蓝的早晨	035
梦在花开的季节	037
青山湖	038
汨罗江你还好吗	041
水	042
那一枝莲	043
八一桥	044
鄱阳湖	045

立冬	047
驱车看南昌夜景	048
行船	049
夜如美丽蝴蝶	050
今天的问题	051
新四月	052
颜料最畅销的季节	053
中秋	055
里程碑	056
爱你,庐山	057
假使你是一个盗贼	060
广场	061
南昌水漫金山	062
北京 北京	063
晨练 冬泳 日出	064
智能穿戴	066
蛙鸣	067
我是桃花	069
多汁的春秋	070

秋　071

今夜的月　072

国际诗歌日　073

我们来写诗吧　074

抵达春天　075

热是唯一的热点问题　076

兼容的世界　078

静夜思　079

隔着河岸的篝火　080

对春天的表白　081

黎明之前　082

偶尔借宿的妙处
——读T.T.的诗　083

新星　085

颂歌　086

陀螺　087

大雪　088

魔　089

活着活着　090

庚子年清明	091
茶杯	092
酒	093
边界与中心	094
特别的日子	095
孤家寡人的屋檐	096
有一朵花很潮湿	097
请确认我的生命元年	098
烟雨江南的周末	100
树荫下的春天	102
给国树拜年	103
归	104
你是我前世的谁	105
瓷	107
舞者	109
暗恋	110
我住在我的衣架上	111
诗人的幸福	112

孩子和春天　113
时光的马蹄　114
北京的冬天　115
莱蒙托夫国际诗歌节剪影　117
致我生命里的男人们　123
陌上花开　124

后记　175

我爱祖国

我爱祖国

这是一种无法解释的天性

无论是在儿时

还是已经成年

抑或是如今两鬓如霜

我对祖国的爱一直如同甜蜜的初恋

总是那么纯真

我爱祖国

这是基因里携带的缘分

无论是飞行在天空

还是行走在大地

抑或是静坐在家里的沙发上

我对祖国的爱就像血液循环在身体里

显得自然而然

我爱祖国

这是血脉相连的命运

无论是因积弱饱受欺凌

还是因战乱山河破碎

抑或是因瘟疫而风声鹤唳

我对祖国的爱犹如受到惊吓的孩童

小手紧拽着母亲

我爱祖国

这是骨子里隐藏的激情

无论是在创造梦想伊始

还是在发展成功以后

抑或是现在　享受大国荣耀之时

我对祖国的爱

始终如江河奔向大海的波涛

脚步永不停歇

异乡人的星空

异乡人

都有一片属于自己的星空

星空与家乡接壤的地方

光阴的鼠标

点击着故人、老酒、忧伤等关键词

蚁穴、蜂巢、鼠仓,来自家族的传承

异乡人,来自胸膛里的雷鸣

异乡人的星空,挂着金色的果实

但收割秋果的人也必须割让整个秋天

往后,会有一场缤纷的雨

一阵阴凉的风

一层飘坠的雪

除去夭折的闪电与褶皱的波涛不算

之后,才是星空下写意的花瓣

才是

人在他乡的莞尔一笑

北京蓝

北京蓝

蓝过了期许

北京白

兀自纯洁

我不敢说我爱你

也不会说我不爱你

我在这个著名的夏天

遇见了你

遇见了北京蓝

把你送给我的诗句绣成孤品

我希望把童年的向往

慢慢回味

把片云招呼过的蓝天

重新认识

我希望把散落的信函

慢慢拾掇

把你送给我的诗句

绣成孤品

我希望把星球撞击的山脉

插上玫瑰

把地壳错位的遗址写上

爱情誓言

我希望把受惊的小白兔

抱回家中

把你给我的诺言放在去病的汤药中

重新煮沸

第一场秋雨

第一场秋雨在无人的夜空

把我的房顶清洗了很多遍

它知道

我有洁癖

不洁净的地方

哪怕是更高处

我也不会去攀附

一场秋雨洗尽铅华

黄叶率先做了示范

现在该休息的休息

该隐退的隐退

该显现的显现

一场空前的因果关系

把秋天的诗意烘托得恰到好处

风吹过稻田我们就会想起你
——悼念水稻之父袁隆平先生

我们每一个孩子都是父亲手心里的宝

父亲爱我们,把我们高高举过头顶

带我们走过三江五岳,走向五湖四海

走过大街小巷,走进每一户人家

帮世界消除饥荒,帮助穷人圆温饱的梦

父亲自己就是一颗神奇的种子

他能优化我们每一个孩子的基因

他能一变十,十变百,百变千千万

变成中华民族的脊梁

在每一个德安人,江西人

全国乃至世界人民的一日三餐中

父亲都是神一般的存在

年复一年,我们享受阳光雨露

我们习惯了风和日丽

我们承欢在父亲膝下长高一茬又一茬

父亲要我们成为谦虚的孩子

越丰盈时越要放低姿态

我们也习惯了父亲世界农民的形象

近期的德安阴雨淅沥

寸土心忧，今天万谷之父溘然长眠

今天每一颗稻子都在哭喊

我们失去了父亲

我们失去了佩戴共和国勋章的父亲

父亲御风而去，惊慌的稻芒划破了手掌

从今往后，每当谷子在阳光中毕剥作响

水田在西晒下泛出橙色的光芒

父亲啊，我的世界杂交水稻的父亲

风吹过稻田我们就会想起你

我逃离不去的秋夜

终于,我不追问远去的青山

也不挽留奔泻的绿水

面对缓缓倾注的秋色

这漫山遍野的果实

驻足于今夜

这不能明辨的一轮皓月

被完整地保存在白云深处

季节的馈赠　你的驾临

渐渐开启的夜幕　我按捺不住的躁动

秋叶翻飞　饮风而醉

它们裹挟着香馥的请求

那些湿润的露珠

装点着新日的地毯

光明紧随其后

而此时此刻我只想亲近月色

只愿月色之水筑一道梦的篱笆

许上闪烁的荧光

轻拂我的心尘往事

我无比眷恋的山丘

那古铜色的皮肤

坚实的腹肌

无可比拟的力量

挖掘矿脉的机器

黑色的仰望　高处的拯救

无所适从的我的纤纤素手

不知去向的疑问　与铺天盖地的回答

点燃的　继续燃烧的火焰

咆哮的　继续奔腾的河流

原野的狂风

传导而来的地动山摇的暴力

屏出高八度的生命呐喊

拍岸的白浪

起伏的稻穗

飞翔的　带着金色翅膀的天使

和风里　漫漫成长的

我腹中的孩子

幸福是很难翻译的

情人

抢在一片落叶飘零之前

抢在一朵浪花消失之前

抢在一阵微风吹过之前

抢在一个概念的雏形之前

抢夺一切先机

情人

你是漫山遍野的绿

或漫天飞舞的雪

或重重叠叠的

白昼

在她的渴望与冥想中

你重构了一个崭新的世界

不用让她闭上眼睛

她瞪着眼

也愿听你天花乱坠的瞎话

谁与我牵手共寥廓

无邪的星星啊

你惹我做什么

我想乘长风入云端

谁与我同行　谁与我牵手共寥廓

我不要他太聪明

那多余的　会成为烦恼

我不要他太愚笨

那不够的　会变成灾难

我也不要他跟我平齐

那会让我　对世界失去想象

我只要他是另一束光

像星星　悠悠的　闪给我看

无邪的星星啊

你惹我做什么

我要乘长风入云端

谁与我同行　谁与我牵手共寥廓

国庆节

当满天都是中国红

我不需要别人羡慕

也不需要贩卖自豪感

我只是希望你就站在我的身后

因为我眷恋的时候

常常会回头看你

周末陪母亲小酌

今夜

把一个浩大的冬夜

点燃

拨亮

加温

把世界涂上玫瑰色

今夜

和你在一起

不看世界风云

只享内心的微澜

离乱

我离开了诗的故乡

我失踪了一个恩重如山的眼神

我如替代了谁

对某个人不依不饶

请相信

某个人就是我自己

一道题答错了

它在满分的答卷里显得格外慌张

如同我颠沛流离的日子

如果没有你　我的月亮圆给谁

当丰腴的月

随着思念渐渐消瘦

蕴涵在远山的风雨

正如胸中磅礴的波涛

无愧的年代　愁绪把时光浩劫

曾经　望着你远去的背影

我的黄昏像失控的村庄

屋外　路人的脚步　是刺耳的长号

弦下　幽细的嗓门翻唱着旧日的歌谣

任由一地碎月捧起痴情的脸庞

我埋头在案前　驱不动夜的厚重

偶然抬手　却碰痛了某个未愈的　伤口

尘世间　我呼吸着咸湿的空气

生活被腌制

当疏朗的星辰　把我引向一方亮处

远方灯塔的光芒令人晕眩

那里　景象清晰　祥云有香

一条温婉畅快的河流

一直在淌流　一直淌流到夜的尽头

它将与我甜蜜的梦邂逅

我多么喜欢那个可爱的预言家

他所有的话　都与希望一致　我怎能不欣喜若狂

通幽小径上　丁香像另一种汪洋

为我簇拥着孤岛　天使用翅膀为我炫开一线光明

缝隙之外是宽敞的路　于是　我像崇拜英雄一样

仰望光华中诞生的爱情

经年　我漂泊在你的左岸

近处远处你都是我的风景

每当思念像万物苏醒在春天

温泉便在沃土的脐眼里涌现

比如现在　亲爱的　你站在对面的峰上

我便有一个飞向高处的梦

比如今夜　亲爱的

如果没有你　我的月亮圆给谁

放牧

我曾在你的荒野放牧

多像自在的奴

我披一件邋遢的风衣

把童心裹好

我摘一朵油菜花插在发际

等你回头看我时

笑

镜中的自己

你是镜中的自己

就这样隔着一亩三分地

哭的时候

要躲闪一下

哈哈大笑的时候

要忘记一下

闲适的时候

彼此互相欣赏一下

我抬头看你像你又不是你

在彩虹铺成的拱形帐内
你牵着我的手逛街　并为我买了一顶太阳帽
以至我的惊讶搅醒了安睡的天使
我抬头看你像你又不是你

你携带着冷峻的火焰　与涌动的暖流
输送春天无法喊停的躁动
以至我生出莫名的嗔怪
我抬头看你像你又不是你

生命形成之前的透明模样
与越来越厚重的尘埃　围攻我的肉体
以至我两行疼痛的泪珠　在无边无岸的宇宙中寻找着落
我抬头看你像你又不是你

你坚持同一个概念　充斥在我每一寸肌肤
我却抓不住你眼里的万千变化
我的心已不安　以至我的精神直抵虚无而颓废
我抬头看你像你又不是你

今天我想讴歌

今天

与阳春白雪无关　与境界无关

今天除爱情以外的生活

是汗水与体香

为儿子　为母亲　为欣慰的　美丽的

心情　想讴歌　想抒情　想

你　我的周围很美　我也很美

今天　因为劳动与努力

我得到了够买十年粮食的奖金

想囤积　要在你回来的时候

让你看看　你的女人

多会持家

孩子在发烧

家具动荡不安

灶上的火苗上蹿下跳

沙发如针毡

小木凳子围着脚跟撕咬

妈妈不美容时更美

爸爸胡子拉碴的更温柔

小狗机灵地坐在门背后

它今天不敢造次

时间在贬值

墙壁上的字画在掉价

蚂蚁在热锅上爬

空气随时能引爆——

因为　孩子在发烧

鄱阳米粑

母亲对我说

你是粑生的

别人吃粽子你就吃粑

别人吃月饼你也要吃粑

别人吃汤圆你还是吃粑

春节也是粑

立夏也是粑

我对母亲说

错,我是你生的,你是粑生的

母亲摇摇头笑着说

都是粑生的

今天不时不节的

又要做粑吃

快做呀

别光顾说话,等下你儿子回来了

没蒸熟的话

他连生粑也要吃两个啦

岂止，他俩是一对儿

你看儿子没洗手就拿起粑来吃

儿媳妇一进门直接扑到桌上

用嘴巴去盘里叼个来吞喽

这可不得了

明天生个宝宝

不肯吃奶水

专门要吃鄱阳米粑

那该如何是好

我的江河遥远

今天　我去游泳了

以泳池的塑胶地板为岸

以撒过消毒剂的水为泉

以人造的天空与假的热带雨林为风景

把周围游泳的男男女女当成同类

今天没遇到海啸

没有山洪暴发　也没有波涛

连一点点浪花都要经过费力的拍打才出现

甚至这不能称之为浪花

因为这不是湖泊更不是汪洋

今天　我去游泳了

这里特别温婉　卫生　安全

一派自由幸福的打扮　我漂浮在水上

想起煮在温水里的那只青蛙

今天　我去游泳了

我没把自己投进江河

我的江河遥远

想家

那一天　我着迷一种未见的色彩

那一天　我辞别故土

探访别人的故乡

那一天　我勇敢而无知

背包里装着生存秘籍

与高大上的梦

那一天　有一个人沉默不语

他对女儿的远方

并不放心

那一天　关上木屋与心扉

我扯着岁月的衣角像一个孩子

紧拉一头烈马的缰绳

在惊恐与喜悦中穿越

在草原上狂奔

在举目无亲的地方想家

六一

欢乐　喜庆　幸福

自由　宽容　爱

东升的太阳

扎扎实实的拥抱

法定的节日——放飞的心

这一天

世界穿着童装

人们走进彩色的天空

对纯洁的大地驻足留神

六一节

一个幼稚天真的小人儿

引领一群大人

从烂漫的端口

浩浩荡荡走进精神辟谷的圣地

母亲走到哪里就照亮哪里

诗句好像天使的翅膀

诗句在丛林的上空飞舞

黄昏的村庄

布满神秘的脚印

老枫树的枝杈上

有些甜蜜的符号在轻摇欲坠

你的新年问候

如万顷良田铺展着绿色的秧苗

灰色的黄昏

是浪漫主义代言人

哥哥家的年夜饭

正在精心布置

母亲走到哪里就照亮哪里

我的幸福隐匿其中

老

老

是一个多么美丽的名字

多么温馨的名字

多么坚强而又完整的名字

多么珍贵的名字

老

是一个多么崇高的名字

多么苦难的名字

多么悲怆而又屈辱的名字

多么无奈的名字

当一缕阳光刚好照见一个老人

这阳光就读到了一部经史

当一阵春风吹动老人的眼波

这春风就能解读万千物语

当一场暴雨倾斜至老人身上

这暴雨就会像泪珠一样滑落

老

是一个怎样的名字

一个人从蹒跚学步到步履蹒跚

这中间是一个大大的括号

括号里面

一定有段不同凡响的历史

有喜悦有悲伤

有风雨有彩虹

有柴米油盐有风花雪月

有悲欢离合有爱恨情仇

有少年维特的烦恼

也有老人与海的开阔

有肩挑日月的神勇

也有沦落天涯的喟叹

如果有一天，我们老成了一棵病树

像一尊受损的雕塑

如果有一天，我们老成了一块蓬松的瓦砾

会轻易转化成泥土

生命从起点走到终点最忠实的链接

老

它是一个怎样的名字

走近它

四季还是那么悠闲吗

早晨还是那么簇新吗

天空还是那么明朗吗

世界还是那么充满友善吗

人老了

岁月将收回成命

当一个人老到颤颤巍巍

当一个人老到跟地位金钱已不相干

当一个人老到褪尽颜色接近透明

当一个人老到可以忽略性别

生命又回到了襁褓之中

人类的爱呀

是否在那里等待了很久很久

一颗诗心有多软
——记2016年8月7日谭五昌先生与江西诗友相聚

颐景园的洪洲厅

我们一起喝卡斯特与翠

唱别人的歌

朗诵自己的诗

领悟禅意

一层玻璃

把一个盛世隔在外面

幽蓝的夜

把一个高耸的瞭望台封锁在里面

室内的才子佳人

像一群归林的鸟

蜷在沙发上少言寡语

王勃像失恋的影子在空中飞来飞去

深夜的抱瓮轩

我们一起钻进滕王阁的肺腑

听古老的涛声

赣江之水

软软的闪着金属的光

辽阔的江面温和地铺开诗的言辞

暖色调的夜

把千百年来的才子佳人重新组合排列

微蓝的早晨

今天的白昼与往日悄然不同
端倪始于昨夜星空神秘的布局
仿佛上天之父
亲手抱着婴儿赐予我新的人生
无量的光温柔地沐浴我的魂魄
往日的愁绪顿消于幸福的旋涡
伸向头顶的虔诚
承接了一份来自宇宙的祝福
有人开启了我微蓝的早晨

今天的白昼与往日稍微不同
端倪始于昨夜星空神秘的布局
仿佛天山雪莲
盛开在通往蓝天的途径
小小麋鹿欢腾在绿色原野
圣洁的思想与献身精神
让蓬勃的生命向八方生长
清澈的泉水流到每个含灵的土地

世间万物百废待兴

今天的白昼与往日稍微不同
端倪始于昨夜星空神秘的布局
仿佛无垠的大海呈奉四季的赞歌
母亲绽放的皱纹绣成时光经典
我的期待被神灵护佑
产房由内而外生出暗香
未来的幸福像秘密透露到人间

梦在花开的季节

梦在花开的季节

铁轨长久蛰伏　苏醒在火车撒野时刻

葡萄架上的串串甜蜜　期待皓齿留香的酶解

奔跑与飞翔　早就许给了蹒跚学步的孩子

梦在花开的季节

为天亮筹备了一宿的露珠　聆听晨曦渐近的脚步

甲壳虫的姐姐在家门口　取笑弟弟玩得一身泥

河岸两条春耕的水牛　都拥有一双童话般的眼睛

梦在花开的季节

一张黑白照就可以还原光鲜的色彩与立体的身影

梦在花开的季节

你和我之间的距离就像左脚与右脚那么近

青山湖

1

我是一颗沙子

躺在青山湖底

湖水是我的天

船只在上

游人在上

来来往往的鱼在上

它们是我天上的飞行器

曾经从天上掉下一枚金币

砸向我的头

我本能地接住了它

很长一段时间我抱着这笔巨大的财富

过着黑暗的日子

2

一缕风

被摘下时

一湖水都翻滚起来了

3

湖边柳絮

自制的爱情剧

始乱终弃都在这棵性情不定的树下

剧情进入高潮时

主人公口吐白沫

文艺范的表述是六月飞雪必有冤情

4

湖边晨练

一栋楼在学倒立

头都伸到湖里去了

结果一群鱼游过来

把它咬得稀巴烂

5

太阳有一个孪生兄弟

它们一个飞上了天

一个游下了湖

当飞上天的飞到了天顶

游下湖的就游到了湖底

势均力敌的哥俩

它们的主义不同

它们的祖国相同

汨罗江你还好吗

汨罗江你还好吗

两千多年了 你的心平静了些吗

从江西修水至湖南长沙

汨罗江 你是与美政有约吗

当初左徒走了 三闾大夫来了

后来三闾大夫又走了

那个有洁癖的贵族诗人来了

你一直都在等他吗

他铁了心背负沉沙走进你的内心时

你伸出了双手迎接了吗

今夜灯火辉煌

汨罗江 他的《离骚》你都背熟了吗

多少年了你不但没老

还越来越年轻

汨罗江 是因为他的爱吗

水

水,来自天上
受邀于太阳,暂居于地球
与万千物种和生灵缔结深缘

水,染上了恶疾,全身多处溃烂
一部分由于病毒感染
一部分因情感受骗

水,为觅一方净土
曾集体逃往南极,南极却意外升温
在那里,又被烈焰灼伤

水,无奈而失望
因为厌世,回到了天上
如今,人们的诉求水知道答案
但人类的自我反省
才是缓解问题的良方

那一枝莲

百花争艳的春天

她隐居在僻静的深谷

似一娇俏佳人

停步在屏风背后弄扇

远处

闲雨轩似一幅偌大的画卷

献出了夏季的修辞

一池芳华

集结了万丈红尘的渴望

那一枝莲

八一桥

八一桥

楼宇高于我的视线

风的端口

云的脚边

住着过往的神仙

八一桥

赣江是它游动的地窖

两只著名的猫

被授予劳动奖章

几只硕鼠跳得水位上涨

八一桥

一只大鸟衔来的街市

摆起了千叟宴

高耸的吊脚楼直挂云帆

彩船编织着水上丝路

海昏侯献给滕王阁一场红地毯秀

鄱阳湖

每当西伯利亚的寒风撕扯着飞行的翅膀
鄱阳湖三个闪光的汉字就给出了神性的指引
芸芸众生蹁跹而往
天鹅与白鹤在鄱阳湖创建了自由王国
金雕　黑鹳世袭贵族土地
大鸨　白琵鹭　中华秋沙鸭也各有城邦

藜蒿带着五河交汇的生机蛰伏在湖底
当严冬屏退了百草的执念
黄沙的脚心就被它挠痒了
春雷一响
湖滩变成了茫茫草原

仲夏的微风把斜阳吹化在湖里
一群沙鸥踏着金色波涛伴舞白帆
一对夫妻收起了沉甸甸的渔网
鄱阳湖的水启承转合在宇宙之间
时而　掠过山峦化作飘逸的云彩

时而　静坐在湖心托起所有的星光

秋高气爽的鄱湖之滨

紫红色的蓼子花追随着艳阳遍布湖岸

银鱼　龙虾　螃蟹都是湖底的志趣神韵

丹顶鹤　黑天鹅　白肩雕是鱼米之乡的网络红人

鄱阳湖吮吸着日月光华

她以母性的温柔　孕育着一湖荣光的生命

立冬

立冬了　关于那堆樱花叶

我有话要说

天空稀疏的鸟影

携带着一部分日记

树蔸下那群蚂蚁

是这幅田园山水画的跋

我想继续下去

是工笔还是写意　推敲待定

有赖这些树叶

早春的樱花一直在我心中绽放

倒车，请注意

倒车，请注意

车载喇叭扯着破嗓门

冬天来了　小区的垃圾清运车也来了

他们都盯上了这堆黄叶

谁受得了？

驱车看南昌夜景

夜幕下的南昌　有着治愈式的美

灯光把太阳复制给黑夜之后

灯光就把城市的海拔提高到叹为观止

驱车看南昌夜景　古老的绳金塔披着金色的袈裟

万寿宫的壁画由平面变成了立体

赣江两岸八公里楼宇幻化成动漫

编织着游轮的迷彩服

滕王阁倒映在赣江水面

神仙和王勃就穿梭在天上人间

红角洲把赣江之水切成南北两支

洪都大桥与英雄大桥架在同一条直线上

塑胶跑道匹配智能穿戴　市民公园的打卡机

不断更新健身冠军的头像

阜外客恨不能寄出满眼繁华

摩天轮远眺双子塔时

秋水广场收容了无尽的乡愁

行船

树被吓着了

我们经过之后纷纷向后倒去

山被吓着了

我们经过之后一座座躲向两边

河被吓着了

我们经过之后水哗啦啦地乱跑

岸被吓着了

我们刚要靠近

一群鸟前呼后拥迅速逃往天空

夜如美丽蝴蝶

夜如美丽蝴蝶

飞行在阳光的影子底下

我像一条鱼穿梭在夜的广场

广场上有一个叫卖的人

学着上帝的嗓音

给黑暗涂脂抹粉

来来往往的汽车亮着灯

把夜刺探得漏洞百出

霓虹里探出不同的脑袋

思考着陌生的课题

总归

这是一个很热闹的地方

人们流连忘返

可是,夜很快就老了

一不小心,他重重地摔倒在地上

导致白色的血液从海面徐徐溢出

今天的问题

今天的问题

是今天的幸福还没有着落

大概率的是　它不会来临

一切存在都是利他的

而存在本身携带的知觉

到底是造物主的良苦用心

还是他的过失

一般来说　不是一般来说

而是绝对来讲　我们有两个答案

第一是　没有答案

第二是　你自己就是答案本身

痛觉是以生命自居的

生命有各种声音

但人类只承认自己的语言

新四月

一切从美丽出发

从四月出发

新世界公开了自己的密室

万千锦绣铺陈在道旁

岸边

山冈

庭院

铺陈在我们相遇的长途之旅

飞升的幸福感

献出一双翅膀

我被托举

旋转

可爱的离心力

把我抛掷

速度把我的重量带走

贴近万物的肇事中心

自己可以忽略不计

颜料最畅销的季节

这个季节有多好

好得没有敌人

连冤家都找不到一个

这个季节风不割脸

雨不蚀骨

美丽和美好

迎面而来

世界像没有战乱

这个季节

颜料特别畅销

虽然说

如果像我一样

就是在纸上画一只香梨

当然只要一点花青

一点藤黄

一点赭石

但是如果要在中国的版图上

画出目前的

花团锦簇

姹紫嫣红

万里江山无处不锦绣

真不知道用了多少颜料

中秋

自从人类获得第一次团聚

就把月亮捧上了天

千百年来月圆与团圆

便是天上人间相互照耀的两束光

月亮的矜持

源自她的地位

也来自中国人的极致追捧

至此　她放不下众心所向的骄傲

也藏不住一颗思凡的心

今天的欢乐是必须的

今夜的祥和宁静也是宝贵的

趁中秋这个人月皆圆的好日子

我作了一幅《明月红柿图》

这里的明月是大家的

红柿是我和你的

里程碑

奔驰在路上奔驰
里程碑来不及招招手就消失在视线内
风贴近车狂热地亲吻着玻璃窗
由热爱而衍生的抱怨
充斥于耳

我们互为远方
彼此相向而行
抵达的港口
堆积着各国的商品
每一条货轮
都在向新目的地驶去
商人像忙碌的蜘蛛
织着一张大网
把地球罩得严严实实
里程碑是一个没有边界的小圆点

爱你，庐山

爱你，不是因为你叫庐山

不是因为你雄奇险秀

横看成岭侧成峰，远近高低各不同

不是因为匡庐奇秀甲天下

飞流直下三千尺，疑是银河落九天

爱你，不是因为你叫庐山

不是因为你是历史文化名山

不是因为李白苏东坡白居易徐志摩

不是因为桃花源

或避暑山庄

爱你，因为生长在你的南麓鄱湖之滨

爱你，因为你是祖先遗址

爱你四月桃花始盛开

竹笋石耳构成的特写

爱你雄鹰在盘山公路上的翱翔

与娃娃鱼逆泉上山的奇观

爱你，欢乐与笑容组成的团队

爱你的出现与光芒

爱你，从长江之畔到赣水之源

你有一条泾渭分明的法线

爱你，石工攀爬的阶梯

爱你的白云飞渡与东方拂晓

爱你，鄱阳湖低与五老峰高

爱你跃上葱茏四百旋的记忆

爱你渐渐的融入

爱你，清纯的雨水与若香的霭

爱你与青花釉色匹配的芽玉

爱你的迎客松与含鄱口

爱你冷眼向洋看世界

热风吹雨洒江天

爱你的湿度与温度

爱你，爱你山上的月

月下的云

云边的风

风中你和我

爱你，爱你夜间的松

松间的露

露里的光

光中的两个孩子

爱你的秋色与春分

爱你，爱你悄悄地靠近

爱你和陌生人互道早安

假使你是一个盗贼

假使你是一个盗贼
也无法盗走我最初的幸福

当时月亮很圆　天空很蓝
当时我们也是海盗

我们逃过甲板上的武装扫射
飞到另一片海域

我们在那片蓝色的海面升起火焰
并燃烧到天亮　我们差点变成了灰烬

假使你再次成为盗贼
也无法盗走我最初的幸福
虽然现在月亮已经残缺　天空布满阴云

假使你再次成为盗贼
我会把最初的吻亮出来
我要带你改邪归正

广场

夜在深夜渐渐安静

村庄坐落在田野之间

一个老人在老去的路上

一个婴儿在羊水里微笑

一个音乐家演奏着无弦乐器

一个浪漫主义女诗人在山坡上独舞

深潜的灯光把赞美之词

高抬到无柱的广场

风像自由的衣钵

把我吹成明星

南昌水漫金山

昨夜暴雨

南昌水漫金山

市内二十多个路段被水淹没

交通拥堵蔚为壮观

印象中

南昌人的姿态是向上的

今天是个例外

早上

他们一走出家门

纷纷对低洼之处

小心翼翼

对某种柔而无形的存在

刮目相看

北京　北京

一种声音在我体内激荡

我听见时间焦灼的喘息

它刚在耳边含糊其词

就已经手忙脚乱地删除了云盘

渴求　在本能地行使权力

无济于事　围城太小

宇宙坚实　壁垒森严

我的胎盘　张力撑到了极限

而且正在成长　越来越快

挤痛了一只胳膊

也没有喊冤的情绪

北京，北京

是谁在推我　往前

继续往前

晨练　冬泳　日出

轻柔的风

吹过荒野

吹过四季

吹在平静的脸上

晨光之下　大地之上

我光洁的额头闪着细小的汗珠

奔跑啊　跳跃啊　吐纳

新鲜空气

神往啊　欢呼啊　我是上苍钟爱的女人

温婉的水

流过街市

流过阶梯

蓄积在碧海晴天楼顶

蓝天之下　自由之上

我干净的灵魂接受神的检阅

恬静啊　安宁啊　聆听

水精灵细语

温暖啊　得意啊　我是人间快乐女人

彤彤红日

越过井冈

越过赣江

照耀在我的身上

阳光之下　爱情之上

我健康的血液在徐徐升温

陶醉啊　舞蹈啊　分享

圣火的光芒

快乐啊　甜蜜啊　我是一个完全幸福的女人

智能穿戴

我穿在我的城市身上

名正言顺

由内而外的气息

是城市心中的独白

蛙鸣

傍晚的风带着阵阵蛙鸣

把我引渡到遥远的故乡

浓密的乡愁包围着我

房间之外

高楼林立

这些钢筋混凝土制作的现代建筑物

把居住的原创艺术全部格式化了

人类被教唆着囚禁自己

又在忙碌于运转自己这台耗能的机器

而幸福在追求幸福的途中改变了基因

快乐偶尔露下脸

却总是闪烁其词地走个过场就不见了

夜幕下

归林的鸟飞行在不同的频道

唯有蝙蝠张开奇异的嘴

去咬破夜的包袱

夜的晴空

她那清澈的眼睛

像世界的收容所

红谷滩凤凰城内的蛙鸣

像战乱后的奔跑

把我的乡愁镶嵌在阳台上

我是桃花

我是一朵落英缤纷的桃花

我是一朵摸清了命理的桃花

我是一朵跑赢了冬天的桃花

我是一朵被阳光眷顾的桃花

我是一朵遭遇到前世的桃花

我是一朵有家的桃花

我是一头撞进了春天的桃花

我是黑洞里的火把

是太阳抚摸额头的荣耀

我是奔跑在万物广场卖云朵的女孩

我在众目睽睽之下跳艳舞

蜜蜂蝴蝶是我的侍从

我是春分的暴动　是红色革命的先锋

我是白雪暗藏的心愿　是海风的一阵耳语

是彩云的三次邂逅　是青峰的九次恋情

我是舒喆的人间烟火　我是桃花

多汁的春秋

世界的车轮溅起黄河的巨浪

昆仑山　口衔一枝雪莲花

站在历史的厅堂调试风云

人类把自己的翅膀剪下　为祖先安插地标

雄鹰将四十年前的喙丢弃在悬崖之上

蚂蚁用灵敏的触角　寻找多汁的春秋

地球就在一个村里

天下的万物都发源于一个口袋里

我在电脑前对宇宙进行链接

唯独不知

你这个发光体

与我之间是多少光年的距离

秋

秋天

树叶开始变黄了

它把绿色的血液反哺给了树枝

树枝接着传送给了树干

树干输送到树根

树根伸得很长很长

它告诉树叶

周围是一座古老的森林

森林旋转着星辰

星辰就挂在了每一棵树上

树上布满叶的微笑

大地陶醉了

森林热衷于贡献自己的果实

它实在是太幸福了

中秋时节

它不但收获了一大把传奇

还照亮了江河的边际

今夜的月

今夜的月　丝毫没有哗众取宠的意思
今夜的月　不是八月十五的月
也不是正月十五的月
今夜的月亮　是一个没有被命名的月亮

今夜的月亮　诞生的时候没有欢呼的场面
成长的时候也没有鲜花簇拥
现在她也成年了
悄悄地　端端庄庄的月
傲然在天庭之上了
每一个人都能感觉她的高洁与亮丽
此时此刻　不知为什么
世界却对她保持缄默

今夜的月亮　理解我的惊愕
默默地陪着我　用柔和的光装潢我的夜
以自信的脚步带我走进
安静　淡泊　清雅的黎明

国际诗歌日

众生喧哗的峰上

有种动听的声音

从它的切面飞出

缓缓扇动花朵的翅膀

如果王侯归来无人接驾

那是诗歌被确立了太子

3·21 诗人的心跳

藏在微笑的字里

3·21 诗人的措辞

源于一组新的排列组合

3·21 诗人的幸福

像地球的侧影那样饱满

以喷泉一般迭起的诗行

渲染了子夜的天

我们来写诗吧

我们来写诗吧

为平凡的人生说几句公道话

我们苟活于世

不知前因后果

我们在世间跋涉

身体由时间摆布

我们生而有知却被无知所困

我们纯洁无邪却因真爱受伤

时间喧嚣的

都是非必要不可的事

自由的精神提携着自己

来做一个飞步跟上自己的人

把诗句的珍宝镶嵌在曲折的命理中

把创造的原动力

归功于一切遇见

错都是对本身

烦恼中止时的恐惧

才是我们要针砭的时弊

抵达春天

今天下了一天雨

雨水淋湿了大面积的森林

浸透了一些低洼处的植被

我放下武装

放下思索

放下智慧

放下 仁爱 善良 美丽 等等

附加在身份之上的一切饰词

我和你一起

披着雨衣爬山

听雨声

听鸟叫

听树木若隐若现的欢迎之词

我觉得这美妙极了

春天必须是一个空荡荡的躯壳

才能抵达的地方

热是唯一的热点问题

人流

灰蒙蒙的

成群地在大气层包裹的什锦盒上揉动

上帝搬家了

斑驳的大地

有的旱灾

有的洪涝

池塘里有条鲭鱼

在水里烫着了

跃到岸上

一阵热风把它永远按在地上

树上的知了

处在临界状态地鸣叫

内心在缩小

瞳孔在放大

它从自己的体内逃离出来很久

一直找不到归宿

有人被烈日烤得狂奔

然而世界只能越来越模糊

地球不是不仁义

而是他自己也在发烧

脑子都快烧煳了

南昌2016年的盛夏

热是唯一的热点问题

兼容的世界

一只看院的藏獒　与客人为敌　情绪激昂
主人走来训斥了几声
藏獒臣服地转身溜进了铁笼子

一只苹果
成熟以后跃进草丛化成了泥土
它静候春天　从泥土里长出自己的后代

一只蚂蚁　爬在土坯上晒太阳
它看见白云涌进太阳的家
它看见冬天的太阳输血输得抽搐

我问爱人
2016年了　你的元旦贺词呢
他的眼神亲吻着我的额头
轻柔回答
天空之所以空
是因为她怀上了宇宙

静夜思

鸟在树上
学着叶的样子抓着树枝
叶在空中
学着鸟的样子张开翅膀

云在天空
造出一片森林
再放飞鸟群

每到晚上百鸟都冲到天上
变成天庭的灯盏
这个时候
梦想与诗意出现
人类诞生

隔着河岸的篝火

我不是鸟

不能想飞就飞

我不是鱼

不能爱水就被水拥抱

我不是云

不能自由地张望梦的牵挂

我不是泥

不能忠实地为爱筑一座城

我不是你

忽略了隔着河岸的篝火

我不是我

微笑着流泪

安静地目送未来从身边走远

对春天的表白

我若是没离开过你

冬季不会那么冷

我若是没拥有过你

夏天不会那么热

我若是没深爱过你

秋天不会有那么多果实

黎明之前

黎明之前
城市还醺醉在雾霭之中
褐色的小鸟喉咙吱吱作响
它的翅膀正在生长

赣江之水
被船只划破的伤口上
长出许许多多洁白的花朵
很多新亮点
却来自江面的平静

黎明之前
夜开始从墨汁里稀释
心的鼓点
和着远山的无声之歌

偶尔借宿的妙处
——读 T.T. 的诗

一本诗集

每页都住着精灵

你懂我的言外之意

你还懂我的欲言又止

你懂人类以外的语言

读来读去

有时她们全隐身了

留下我一人

站在新世界的窗口

充满好奇与质问

孤单而颓废

有时

她们变成一对忽闪的翅膀

从我的脸颊轻轻掠过

有一小股风触在我希冀的峰上

热成夜空中的焰火

于是我

又变成孵化成功的小鸟

破壳而出

用明亮的双眼看这浑浊的世界

新星

时间在横轴上静卧

腰部突然被谁挠了一下

接着乳房肿胀

腹部隆起

一个生命在第一象限诞出

一股风把他吹到海面

太阳起身迎接

银河涌动着母爱

千万只手献出粮食

他从自己的身体出走

这是第几颗明星?

颂歌

眷顾在激流暗涌的深水

我听见轰隆隆的雷鸣

日光因子扮演了丘比特的箭

它穿透长空的照耀

是串起了氢和氧这助燃与火种

天边传递着古老而神往的吟唱

扼杀是不屑的愚蠢与徒劳

没有一种力量可以挑战海枯石烂

从此水的内核是热情的汪洋

翱翔与蛰伏都是缠绵的姿势

陀螺

一个旋涡的中心

有一只陀螺转了很久很久

现在

周围有很多人

目不转睛地盯着它看

看

它

怎

样

倒

下

大雪

今天,大雪了

对于冬天

我们已经讨论了很久

有关冬天来了,春天还会远吗?

这个幼稚而偏颇的定义

已经被摒弃

冬天之美

冬天的气节之尊贵

冬天的含义之深广

已经被发现

现在

人们正在热议冬天的寒冷

对极寒天气

趋于一致性的结论是

冬天爱你

所以要冻你

魔

魔在呼吸里时隐时现

在视线里横行

在思维里颠倒是非

它对微风撒上晦暗的粉末

给五光十色的春天踢上一脚

魔把阳光切成伤心的碎片

对世间诸事粘贴咒符

魔在一切丑陋的地方狂欢

在极端黑暗的洞内

靠触摸认定闪光物的罪证

魔在很久以前偷走了半个太阳

藏在夜里

至今不肯交回

魔总在我背后放冷箭

造成我跌宕起伏的人生

活着活着

活着活着
我为自己衔起一块面包
然后继续活着
然后还有情欲和眼泪
平平仄仄的念头
杂草丛生的佛前祷告

中毒，不止我一个
成群结队的乌鸦
并不在乎饥饿
我害怕着它们的亢奋
会烧毁那片云

那片云极不稳定
是我害怕的根源
有许多稀世珍宝
要在不被打扰的时候
搬回家中　目前
运输工具是个头痛的问题

庚子年清明

清明节的头一晚

梦见父亲

梦见他忙着接待病人

一个上午都没呷一口水

面对众多患者

父亲对着药箱轻声叹息：

百人得百病，百病皆可医

万人得一病，难倒中西医

梦中的父亲还健在

还在治病救人

第二天公祭日

全国默哀鸣笛三分钟

我在肃立中缅怀父亲

父亲在我梦里

祭悼他的患者

茶杯

一个茶杯

我每天都要亲吻它

不止十次八次

一个茶杯

不仅仅是长得好看

色泽鲜明

声音清脆

主要是

它有一肚子好水

酒

酒

把窗口照得通红

把杯子染得妖娆妩媚

把一颗心

还原到幼稚时代

酒

把你重新带来

把你身上的硬刺

退去

让你露出彻头彻尾的虚无

边界与中心

当边界曾经是中心的时候
所有的空气都允许镀金

当你不再是白马王子的时候
白马就是王子

宽容是苦涩的
海洋就是最大的例子

伟岸是虚无的
哪一座山峰不是被挤压得
踮着脚尖活命

我还是来写诗吧
昨天的那半首诗,还居无定所

现在的江湖之远,远出了视线
谁的不安
等同婴儿在腹中的躁动

特别的日子

我说是特别的日子

就是特别的日子——5·14

这是一个真理一样的日子

有的人创造真理

有的人害怕真理

有的人否定真理

有的人试图颠覆真理

但是5·14

是颠扑不破的真理呀

今天,在真理面前

我只想对你说

趁我还能写下这些字

趁你还能看见这些话

让我们一起把爱再举高一点吧

孤家寡人的屋檐

跳舞时我手镯叮当　磕在你的脑门

才发现　上面写着独身

为什么要这样　难道我不够好

抑或你在关门制造

看你欢乐的浪花　烂漫成一个孩子脸

又　烟雾中惊涛骇浪的沉默

暂停了蒙昧的怨　我

站在孤家寡人的屋檐

窥见

绝代红颜只做你长篇诗赋的标点

有一朵花很潮湿

把自己锁在一个词里

悄悄地笑

那是一个女诗人常干的事

把对方推到王的宝座上

为他澎湃

也是你常有的事

但是把自己和他

归纳成一个真理

你还做过这种不可思议的事

请确认我的生命元年

横亘于山河的暮霭

正在蜷缩　退隐

一只巨掌

熨平了岁月沟壑

将时间束缚　继而有了新的秩序

一匹匹整齐的光线

正在包装

内核是一颗稀世之宝

路上没有车辙

城郭的废墟向未来呐喊

置换血液的仪器　正在睡眠

我在等待一场风暴

等待一种价值对我的全盘否定

我全身发冷发热

毛孔扩张着　如婴儿等待哺乳

剧痛的头　山脉激荡

新生如游丝悄悄绕过险峻

我的山麓之北　矿藏深埋

扳动地轴朝阳

是神的手指

我的牺牲　我的牺牲

酣畅淋漓

烟雨江南的周末

清晨

我在时光走廊

擒获了一把喜悦的歌声

端阳节前夕

粽香与露珠组合成崭新的词汇

镶嵌在我的诗歌里

庄稼拔节的声音

形成彩虹的五线谱

燕子在空中做着侧空翻的表演

它的翅膀穿梭于考尔德的《宇宙》之弦

夏之歌交响乐拉开序幕

世界在狂欢前屏住呼吸

赣江边的浅滩上搁着一条小木船

它已经与江融为一体了

风浪与泥沙夯实了它的基础

螺与鱼虾等水族借此确立了自己的江湖地位

烟雨江南的周末

天空像拉长的跑道

水稻与婴儿比赛长高

憧憬与记忆

将自己变成了一尊雕像倚望着远方

视线里有一条幸福的黄飘带随风飘扬

树荫下的春天

春天是埋在树荫下的

每一片远去的叶子

都是指路明灯

枝芽

全部在树叶离去的旧址上注册了

等哪天

春雷刚发出第一声炸响

春天

就会从树荫下跳上枝头

给国树拜年

又来看梅岭太平的千年银杏树了
自从八年前第一次拜访它之后
我的梦里就多了这位常客
它古老而神圣。千年来
它都在这里,接受八方来贺
千年来　它就在这里
没有回访过任何人

现在是辛丑牛年正月初四上午
我又专程来给
梅岭太平的千年银杏树拜年
因为,它比我的十八代祖宗还要年长
我应该拜它

关键的一点,它是我们中国的国树
所以,我更应该拜它
所有人都应该拜它

归

继续放逐的云生出了很多花样

由故里衍生而来的宣言

把土地烘托得热乎乎的

红色的地基展开了壮实的胸肌

蜿蜒的山路吃吃地笑弯了眉毛

春天把色彩调试完毕

夏至画龙点睛

两岸青草碧绿

河流正在演奏回报太阳的颂歌

我的大人

把我惯成了孩子

极致的包容让我无法长大

此时

我正借着适宜的气候趋向又一次重生

你是我前世的谁

你是我前世的谁

得以今生在最美的时刻相遇

从此相识相知

从此记挂惦念

从此

在世纪的风云中

在万丈红尘里

让我踮起脚尖寻找

那专属自己灵魂深处的

阳光

你是我前世的谁

记忆中

似青春无悔的纯真年代

镜像内

是微风唱响沃野的欢畅

愿景里

如朝阳倾向大海的波光

你是我前世的谁

你是我前世的主食吗

你是我来世的尖叫吗

你是

群殴过我魂魄的打手吗

请问

你何以成为我生命里响亮的音符

相见若喜

离别亦愁

再见之心呵　时时都有

亲爱的　快快告诉我

你究竟是我前世的谁

瓷

釉的色彩在千年以来

轮番轰炸着时代的番号

美丽旋转的时辰

串成飞舞的七色纽带

一坯土中

盛藏着光明因子

帝王的华袍

比妃子值钱

千年的专宠没落俗套的霸王花

镌刻的明心

轻点的江山

远方的爱慕

窑师的凝神与出世

你的回眸与浅笑

辉映的窑炉圣火

前世今生的穿越

默默坚守的一寸柔肠

一双泥脚踏步在原地

世界风靡几千年

用手脚表达的玄思

经过千度高温的炽热后

默默地成长

雨过天晴云破处

是与世无争的绝代芳华

舞者

她裙裾飞扬

像一座火山的出口

她的手脚

是外化的心灵

传递着每一个旋律的内能

明亮或蒙眬的眼神

洁净到只有神仙才能入住

柔软而劲爆的身体

如同一面招展的旗帜

火焰灼烧的天堂

被裙裾裹挟的风

吹得地老天荒

暗恋

先生　我的心思在衔接

一条蜿蜒的通往光明的途

或是一个十分可笑的

徒劳的

与假设的灶

与点不着火的湿漉漉

的眼神

或许搭错了两极的铜线

悲情会发生在验证的动机里

先生　我苟活着

偷看四周慌忙的夜

我住在我的衣架上

我住在我的衣架上

忙碌

开心

飘飘荡荡与怅然若失

上空

表演了一团雷阵雨

转眼鸣金收兵

看完热闹以后太阳就不想走了

我站在地球粗鄙的表皮上

被不同的风吹过

地球被吹圆了

我被吹扁了

有一朵云明确地飘来想填充我

这时,我的皮肤有些瘙痒了

诗人的幸福

诗人的幸福

就是能把矮矮的影子

投到高处

高过围墙

拉到远处

远过海岸

孩子和春天

大年初二与家人约走湾里栈道

栈道很长,风景很好

起先,大人们因为有益健康而行走

孩子们因为好玩而行走

后来,大家都为

想看到下一个景点而奔跑

最开心无边的是孩子

他们闪电一样钻来钻去跑得大汗淋漓

衣服脱了一件又一件

背上的汗巾取出来直冒热气

红扑扑的脸蛋像春天的花朵一样灿烂

动人的孩子和温暖的春天

是同一个事物的两个方面

孩子在春天里奔跑

就像血液在生命中欢腾

时光的马蹄

时光的马蹄

踏乱了五月飞花

船舶的腹腔

拈上了离愁

迷惑的眼神

掠过轻盈的香器

梦向深水游去

众神抿嘴出试题

北京的冬天

北京的冬天

就是冬天的样子

十年极寒

却无恶意

北京的冷

深厚而宽泛

北京的冬天

寒风吹得响亮

北京的楼宇

也是高冷极酷的样子

相对这嘎嘣嘎嘣的冷

它们都是深藏不露的对手

一场对峙已久的心理战

并没落幕

这场寒冷还不彻底

还欠点火候

还需要一个冷的爆品出来谢幕

的确,北京的冬天

无论如何要给我一个猜想

让冷来得更鲜明些吧

回南昌之前,我期待一场北方的雪

比期待一个风尘仆仆的归人还要具体

莱蒙托夫国际诗歌节剪影

1.5 小时时差

凌晨 5 点 45 分的 SU203 航班

首飞俄罗斯

飞行员与保尔·柯察金很像

空姐与安娜·卡列尼娜很像

从北京到莫斯科 8 个多小时

落地是北京时间下午 2 点

俄罗斯时间上午 9 点

造访俄罗斯

第一个惊喜是

我已经失去的北京的早晨

莫斯科又把它还给了我

2. 俄罗斯的雨

俄罗斯的雨

想来就来

想走就走

决不迟疑

决不拖拉

决不优柔寡断

俄罗斯的雨

就是战斗民族的雨

战斗者的踪迹

停留在俄罗斯广袤的土地上

也保留在俄罗斯头顶的云层中

每当我走在莫斯科的郊外

时不时一阵风雨袭来

过一会又云开日出

3. 可爱的契诃夫
——参观契诃夫小木屋

契诃夫走出木屋迎接客人

也接受膜拜

老车夫站在主人的房里

把苦恼抛到了脑后

不必用语言交流了

进门拍照

有人伸手摸摸他的衣袖

有人站在他身边乞一张合影

有人读出了契诃夫的沉默

套中人悄无声息地走远了

第六病室人满为患

地球上每一个角落都收到

凡卡的信函

万尼亚舅舅依然系着一条丝绒领带

我只免费行医

请借给我一点钱

我没时间结婚

请照顾好母亲

我不要托尔斯泰死去

我不要看见巨大的空洞

4. 俄罗斯大地

俄罗斯大地上

除了平静的原野　矿藏　极光

还有飞鸽　凯旋门与有轨电车

还有庄园　木屋　小床与相爱的人

还有教堂　信徒　圣泉与节约用水

还有芭蕾舞　套娃　油画与街头艺人

还有北极熊　双头鹰与战斗英雄

还有叶卡捷琳娜弗拉基米尔金门和琥珀宫

还有莱蒙托夫　普希金　托尔斯泰

还有银色别墅　阿芙乐尔巡洋舰

5. 我的舞伴在莫斯科

在莫斯科郊外的游轮上

我们一夜劲舞之后

彼此再无消息

分别的时候你请我合影

并要确保我手机里有你

而你因为没有网络

错过了添加好友的时机

一双闪光的蓝眼睛目送我走上堤岸

你使劲挥手

黑夜的灯光晃着惜别的痛

我回望之后不敢再回头

不能回头

必须把留恋交给夜去掩映

必须迅速大步走远

当成潇洒毫无牵挂的样子

后来，我真的走远了

现在，我回到了中国

但你目光中的语言

我已经翻译成中文贮存在脑海

今天

是我们国庆 70 周年

今晚夜色很美

我静坐在滕王阁对面的秋水广场喷泉边

看灯光

看楼宇

看欢腾的人群

看赣江水面往来的彩船

国庆之夜

南昌红谷滩很热闹

这个时候

我想起你

想起莫斯科郊外的那个晚上

想起我们之间纯粹的欢乐

这个时候我很想跳舞

可是

怎么办

我的舞伴在莫斯科

致我生命里的男人们

这个世界无比美好

没有你,我如何抵达

谢谢你,父亲,你是我如山的依靠

这个世界充满希望

没有你,我如何实现

谢谢你,儿子,你是我人生的成就

这个世界美妙温馨

没有你,我怎么懂得

谢谢你,孙儿,你是我的欢乐与天真

这个世界充满挑战

没有你,我哪来榜样

谢谢你,兄弟,你曾为我保驾护航

这个世界色彩斑斓

没有你,我难得自信

谢谢你,朋友,你给了我智慧与力量

这个世界阳光明媚

没有你,我算什么

谢谢你,我的爱人,你是我幸福的源泉!

陌上花开

1

我经常听见清晨第一声鸟叫
看见黎明初来乍到的青涩
感受黑夜败走的轰响
而我
分外记得
与你陌上观花的细节

2

太阳从我的窗外慢慢挖掘出普世的光明
你在阳光中手执权杖
少年
你好

3

摒弃一些
屏障一些

沿着一条没有的梯子

登上去

登上去

4

谁在宇宙

行使艺术家的特权

布置画展

谁在我们的世界

发明了一种崭新的语言

阐述爱恋

5

流星划过天空

照亮了深山的脸

岩松伫立在云海

仰望雄鹰回旋

时间在我前后默默不语

我在你左右密切关注

6

莲花孕育婴儿的时候

晨曦托出了朝阳

我思念一个人的时候

珠峰开始了仰望

7

每一首诗都很重

重得就像自己这个包袱

每一首诗都很轻

轻得没有一分钱愿意与之兑换

可我爱它

我只爱它

别人不懂,我独自荒凉

8

北方的星空

收容了所有的孤独

未来被涂抹成幸福的颜色

寒风中

一辆的士

拒载诗行

9

告别一个村庄

比告别一个星球更难

10

北京也是有花的

只是我不好意思管它们叫花

北京也是有秋果的

只是它们在大北京的天空

显得过于渺小

北京也是有我的

只不过

我总是站在北京想北京

11

一颗石头从柔软的骨头里分娩出来

一颗坚硬的石头有一个比他自身更坚硬的影子

12

我历数着春风拂面

碧波晴空晚照

四季轮回的执着

与你分分合合的不知究竟

13

蓝天

许给海洋一个梦

当这个梦要对宇宙发布时

通货开始膨胀了

14

我被梦带进梦里

一切都是虚幻的真实

我醉在人迹罕至的地方

有一点点

恨

15

一条河摸索着向前
像细长的手指抚摸伤疤
于是忧伤也有了伴侣

16

光明坠入人间
花朵坠入春天
露珠坠入荷叶
我们坠入情网

17

路过的地方
像谁错过的筹码
上帝的构思
是人类搭建的云梯

18

天空一直在跌落

大地一直在把它托起

现在

天空已经空空如也

可大地

依然把它看得很高

19

一个支离破碎的词

把一个支离破碎的世界推倒重建

乌鸦在傍晚的丛林

召集自己的同伴

天上有伪星星闪光

地上有很多划痕来自人类的臆断

20

清晨

两只鸟从树上飞出

就像两支射向空中的箭

但是

天空没有盾牌

天空只有包容一切的怀抱

21

站在某个点上

容易高谈阔论

站在某条道上

可以说三道四

站在某个层面

试图切中要害

站在你的高点

顿觉万物生辉

22

如果没有善良

晴天就没有丽日

雨后就没有彩虹

生活就没有滋味

工作就是苦役

生命就徒有其表

23

一片轻薄的云

把自己的抱负捧上了天

之后

满天的蓝都选择了白云做代言

24

北京离北京很远

你和你重叠

我垂直坠落平行升起

为打捞你这条鱼

25

顽石

在你跃升为玉的瞬间

我已凝望成了琥珀

26

一根白发

从黑色丛林窜出

扯起遍野的哀伤

一根白发

被纤纤玉指指控

默默向岁月低头

27

白云是蓝天的浪花

大雁是蓝天的鱼

28

马路宽宽

容纳着跑来跑去的车辆

马路宽宽

理解着各种冲动

马路宽宽

包容着各种错误

29

我对秋天总是充满向往的

不太年轻

不太老

不太娇艳

不太俗

结满果实肯低头

30

你出现的时候

每条道路都像远离沼泽的光芒

31

日子排着队从我面前经过

波澜不惊

直到某个日子在脑海一闪

于是与它有关的前前后后的岁月

便再也平常不起来了

32

上帝啊

天使钻进的帐篷

是魔鬼咬破的洞

33

阳光生出我

并且无尽给予

我被生命的馈赠所养

养成一首

完全美好的诗

34

我一直紧紧追随的其实是我自己

好比一片森林

对,我是一片森林

你是我摸索着想要折腾的那棵树

用以证明我爱的本领与恨的力量

35

我有本事
不让自己随四季枯荣
也有本事放下你
但你知道
我在吹

36

我会成为我的终生所想
你将是其中某个片段

37

我的黑发
瀑布一样倾泻下来
你是海岸
沙滩
波涛的默读者

38

想一个人
心就变成了向日葵
他在的方向
有个不落的太阳

39

我在一个人的名字后面
写了很多诗句
有些诗句石沉大海
它们像遗失的船只在海底安家了
有些诗句长出翅膀
飞到春天的窗口
有些诗句卡在喉咙里
它们是刺
是病灶

40

举起来

甩下去

没有重量的庞然大物

令人窒息的覆盖

无边无际的笼罩

头顶唯一的亮点

一生不能企及的光明

我的爱情

41

沙滩

是伸向海的手

每一片海都逃不出它的手掌心

42

风有好多手

一个劲地索要

但是风没有口袋

风有好多手

掠夺过无数财宝

但是风没有头脑

风一生劳碌

而没有半点积蓄

43

再不见

秋就黄了

再不见

秋都老了

再不见

你在秋天的笑容我都记不住了

44

听着你的声音

我怎么也想不起伤心的事

微笑

放声笑

哈哈大笑

此时此刻

希望所有人

都不介意

我放纵的欢乐

45

脚走在大地上

许多脚通过各种途径走在大地上

千万双脚通过所有途径走在大地上

……

谁说大地必有诉求?

谁见过大地做过一次回访?

46

早春二月

风踏过海面扑向岩石

云跨过山峰环抱森林

鸟语欢

花渐香

人微醉

万物不舍昼夜

为这个感性的季节

赶写赞美词

47

悉尼歌剧院

荡漾在碧波中

游船如织

高大忧郁的老船长

听过每一种语言的海鸥

吹拂各种相思的微风

在偶遇与再见的两个端点

伸出紧握的手

48

如花的美丽

如蜜的时光

是根植于岁月的种子

一边妥协

一边突围的种子

从诗歌的边缘走进梦里

用沉默说过一切话的种子

拥有天天向上的心

49

无须注解的风

带着一个冰凌的季节

封锁大地

但

有一团被太阳代言的火种

在呈几何级数地成长

50

现在

已经明白

你不是所有人看见的样子

你也不是任何人想象的样子

你不是你

你也不是我

你只是一些事物的先兆

一个真理的投影

你裹挟着记忆的悲喜与创造力

出现在我梦里

激荡着我陌生的求知欲

51

地球这么大

人口这么多

我的乡愁发育得这么好

52

一个莫名其妙的秋天

突然来了

它撕掉了春雷与夏雨的节目单

抢占着季节的C位

53

你一远去

天空就变成一张灰色的网

网里是巨大的荒凉

与渐渐萎缩的我

54

江河一味地付出

大海一味地接收

江河健美　欢畅　甘甜

大海臃肿　易怒　苦涩

55

今天读你的作品　读到一点半

发现还没吃中饭

奇怪的是

这个时候

我好像刚刚饱餐了一顿

56

"我爱你",是系统源文件

诸如地位、财富、相貌、年龄、学识、距离等

所有的病毒

每次用"我爱你"启动开机的时候

它们都被自动清除了

57

大海是谦虚的

从来都是风

把它吹得滔滔不绝

58

风摇树的时候

树很难为情

摆出一百二十个不情愿的样子

风摇树的时候

树上的花朵也很生气

躲来躲去甚至逃到地上去

风不摇树的时候

树又突然变傻了

59

你问我为什么迷恋春天
因为春天有一条从你通向我的路
我会因为踩上一粒红豆而险些滑倒
从而有理由倒向你怀里

60

你一远去
天空就变成网
布满我思念的经
和纬

61

我把书翻开
让太阳来读
连檐影也凑过来
读我青春的指纹
读到你我共读这本书的那一页

62

梦,先把故乡的星空传真过来
然后,将秋天的田野微缩
复印在一本打开的书里
成为一枚令我醒来后惊喜的书签

63

我坐在夜里
并不想跟夜一样黑
我迎来了黎明
已经没有黎明那么白

64

黑夜开出黑色的花朵
只给看得见的人看

65

驱车晚归
大面积的美丽扑面而来

五颜六色的灯

闪烁在道路两旁

那种高调的付出

与明显的投其所好

我必须羡慕一下自己

生活在这个越来越好的城市

66

一首梦中的诗

写在梦的黑板上

铸就了夜的丰碑

67

黄昏之后

城市闪光的轮廓

不仅是美

更是安慰

68

一切美德都是开向自己的玫瑰

69

秋天的富足与质朴
是有目共睹的
我诗歌的羽翼
变得透明而张力十足

70

广袤的天空
运行着更广袤的鸟儿的思想

71

没必要站在中心广场发号施令
其实任何角落都有真理

72

七夕是个奢侈品

也是易燃品

易爆品

和易碎品

我说的这些都无关紧要

2021年的七夕

只是个纪念品

73

处暑

是瓜熟蒂落的别名

稻草献出谷粒之后

把自己融化在土地里

树叶的绝唱

全是答谢根部的舞姿

处暑的新凉

是绝无仅有的金子

安顿着无数燥热的心

74

这个放风筝的老汉
不是等闲之辈
他手里拽着一个油纸糊的白鸽
眼里看着别人的雄鹰
让欲望顺着一根线往上爬

75

云的脚步
从没把自己带回过故乡

76

黑夜把黎明送给了我
黎明又把太阳送给了我

77

时间是一把小锯子
它在一点一点地把我锯掉

我像一个复仇的天使

把时间刻进深深的皱纹里

78

凭借谋生秘籍

我们迈着四平八稳的步子

走向四面八方

我们赖在时间的走廊上

老成大地的一块色斑

79

诗歌像章鱼的脚

把我捆得扎扎实实

诗歌把我的海洋打开

一幅水墨画

在我眼里开始游走

80

昨天

被一只无形的手举得高高的

高到求饶的地步　昨天

困顿与忧伤像格外陌生的词汇

躲避在无人知晓的角落

昨天　舞台拉开欢唱的序幕

地球像一只粉红色的水晶球那么可爱

81

我在永恒里是一只爬虫

你是爬虫身上唯一的弱点

82

一只行走在江湖的船

耐心地为河做着全身按摩

河开心地笑了

笑得满脸堆起叠叠皱纹

83

一滴水融入了大海

大海基本没变

一滴水支离破碎

84

孤云飘过山头时

一个眼睛一亮

一个心头一热

从此以后他俩都成了有故事的人

85

在城郭的中心

一扇心门的入口处

太阳和月亮穿梭而过

爱情与季风同来同往

涌动的浪潮

冲刷闪光的鳞片

隐隐约约的影子

在似有似无的言辞中游戏

86

那只麻雀

飞在自己的天空

它不知道

自己已是别人眼里的堡垒

87

一把雨伞

一个女人

一阵风

把她的消息报告给听雨的人

88

一抹微笑浮在脑海

一缕香馥绕在心头

青碧的天蕴藏着温情的汁

这个时候必定是有你在我身边

89

你一心经营自己

她一心爱你

两个风马牛不相及的人

90

孤独像面漂亮的锦旗

人群聚集在热闹的村口

把它举起的那一刻

它手脚冰凉

它的四面八方都没有盟友

91

在你和晨曦之间

我是那朵幸福莫名的云

92

渤海湾的浪花

你那欢乐的样子

是满溢的风情

是不能回归的浪漫

是我久治不愈的病

苦涩而汹涌的爱

93

虚空的旷野

坐着一所虚空的房子

房子漫游到河边饮水

一脚把河堤踏破

大地水漫金山

我躲在一只密封的船上

口干舌燥

94

黎明奔跑着

把北方的光芒摆进了我的卧室

夜里飞来飞去的萤火虫

在南国树林

把我的诗文晒给月亮看

95

流淌的月光

牵着晨曦的衣袂

馋睡的小猫

被近处的炊烟撩醒

一缕幽幽情思

返航在锅碗瓢盆的交响曲中

96

我为一束光复活

又为寻找光源而萎靡

97

独行是独行者的难题

98

健忘的人

把快乐的钥匙

丢失在幸福门口

99

暴雨改装了我的脸

我的衣服

我的头发

我的双肩　身体　脚丫子

暴雨识破了我

爱你的心

100

夜在一个城市的中心　黑了

一群落难的鸟羽毛蓬乱

一双忧郁的眼睛

试图把瘫痪的精神扶起

地铁里拥挤不堪

个别痛苦的肉体

不慎暴露了灵魂的底片

101

一个眼神

被另一个眼神锁住时

语言缀满星空

102

青蛙在鸣谢谁的落日

蝉在抹黑谁的白昼

你颤抖了谁的神经

一棵草初生时剑指蓝天

中途做了多年铺垫

最后抓得大地一脸疤痕

103

街坊的灯火

撩起夜幕渐冷的衣角

没有邀请客人的城堡

芳香的你

是另一个我

104

有时候

黑暗连黑暗都代表不了

105

我把自己写成一个汉字

让宇宙阅览

106

九月的阳光

是月亮的影子

一群飞鱼试图谋反乌云

大地紊乱如麻

海水沸腾

浑浑噩噩的宇宙

让我的清醒见风就长

107

我一直被抬着

我也不自在

抬着我的我

累成了鸭子

108

太久了

那份美丽常驻在心里

已经是搬不动的雕像

109

我无力抗拒你的名字

也无力呼喊它

多半是与之有关的人和事

给我一些照耀

几点星光

淹没在欲望的海里

几缕青烟带着烧焦的味道

时间

你这个叛徒

让我元气大伤

110

夜安静如瞌睡的猫

音乐

如神的手指轻轻滑过我乌黑的发梢

111

水的浮力把泡沫全都托到面上

水的浮力使诺言和金子一起沉到河底

112

云朵

不用绳索不用阶梯

它悄悄地挂在你的苍穹

太阳

不用祷告不用祈求

它燃烧着自己和身边的一切

扑向你

113

在另一个遥远的地方我也是这般平庸地活着

相对而言那就是幸福

因为

那里有一扇窗户朝阳　也朝向我

114

我同沙漠中的骆驼一起伸着脖子

努力向前

企图把背负的山峰抖落下来

115

从窗口回望自己

比邻居更为陌生

116

人生啊

多么精彩

多么令人百思不得其解

多么苦恼

多么幸福

多么奇形怪状

多么坦白而谍影重重

117

我从夜的废墟中

捞来一把新鲜的诗句

插在花瓶里

中和发酸的晚风

118

悲悯　在迷惑的土壤舒展着身体
即将破土而出的新苗
有新一轮更加浩大的苦旅

119

一个疲惫的笑
像一只落荒而逃的狐狸
我的诗就写到这里吧

120

河流横穿过视线
季节横穿过岁月
我们纵向地生长
雨露和风霜像两支画笔
我多少有点怀念
那匹新鲜的白纸

121

爱慕在我仅有的世界贴满标签

当你走来细细读遍

今生已无留言

122

爱是一件华丽的睡袍

生死不渝是她简约的包装

123

我们的胃越来越小了

正如我们的胃口越来越大

124

你向我扑面而来

如同前世的光荣

125

夜在夜里走向深夜

此时此刻

向前看也是光明

向后看也是光明

126

激流奔腾的长江

它想唤醒的巨龙成长于亘古

巍巍不移的昆仑

它要抑制的熔浆形成于洪荒

猫头鹰小憩在胡杨树上

它一只眼睛拍摄世界

另一只眼睛储备胶卷

你悬在我的空中捉摸不定

127

一个瞌睡

把你同太阳一起祭出

时间被一个巨掌

按捺在某个特定的坐标上

那是一个光芒万丈的奇峰

盛产幸福与微笑

作为贵族

我获得不醒的特权

128

在我混沌入睡的时候

你突然清醒地出现在我脑际

就像是黎明把我糊涂的梦清理出境

129

天庭捎来一束圣火

与祖先擦肩而过

这一秒

专属我的光芒

恰逢心灵的呼唤

130

拥挤的概念

把聪明的头脑劈成很多扇区

131

你的眼

闪动着凌乱的光

有些波段几乎与我的幸福同频

但是没有一台仪器能够过滤

其中的干扰

致使幸福充满杂质

132

滔滔江河里

泥沙从没安分过

鱼儿一直在长大

高高峰峦上

同类从没走近过

雄鹰时常来探望

皑皑白雪中

寒风从没消停过

春天每年都会来

漫漫人生路

生老病死躲不过

爱情之花悄悄开

133

我选择做一支毛笔

我一生

都混迹于黑暗的泥潭

但是

一切光明的字眼

都是从我这里诞出

134

一座山,低着头

站在地球坚实的地方

此后

四面八方的风把它吹成了峰的形象

135

痛苦像冰冷的蝉壳

从肉体中脱离时

熄灭了

火热的鸣叫

136

推不动山的风

哆嗦　呜咽　咆哮着

围着她的山

转来转去

山径自注重着自己的海拔

风是不能让他回心转意的

除非

他不是山

除非

他没有一颗雄起的心

137

地球在原地踏步

她钻不出宇宙的黑洞

太阳动了恻隐之心

许给她半天光明

138

一股柔和的风

把你拉进视线内

顿时美丽聚集

这时,我站在诗的沙洲

发现语言是诗的累赘

139

婴儿的哭

你听得懂吗

如果你真的懂了

怎么会如此鲁莽地阻止大自然的歌声

140

时间,我很想感谢你
感谢你的出现与流逝
感谢你的无私与博爱
感谢你赐予的光明与温暖
感谢你给我的际遇和痛觉
时间,我很想感谢你
感谢你的晴天丽日
感谢你的春暖花香
感谢你交付的使命与勇气
感谢你对摔倒又爬起的抚慰
时间,我很想感谢你
感谢你带我蹚过的河爬过的山
感谢你给我成长秘籍
感谢你安插在我身边的亲人
感谢你教会我珍惜
时间,我很想感谢你
感谢你给我浮萍飘动的快感
感谢你给我落叶归根的安宁
感谢你给我出生的根基与成长的苗圃
感谢你在我生命树上挂满的累累记忆
时间,我很想感谢你

后记

感谢谭五昌教授对新江西诗派的特别眷顾，策划主导了这次江西诗歌界史诗级的盛会。更承蒙谭教授的邀约，促成了这本诗集的出版发行。

我从小就喜欢诗歌，成年以后，对新诗这种体裁，更是如获至宝。每当读到"醉过才知酒浓，爱过才知情重"（胡适）、"啊啊！好一幅壮丽的北冰洋的晴景哟！无限的太平洋提起他全身的力量来要把地球推倒"（郭沫若）、"他抱紧的只是绵密的忧愁，因为美不能在风光中静止"（徐志摩）、"假如有人问我烦忧的原故，我不敢说出你的名字"（戴望舒）、"为什么我的眼里常含泪水？因为我对这土地爱得深沉……"（艾青）这样的诗句，往往有一种被弱电击中的麻酥感。那种感觉就像一束光穿透灵魂，也像千百世后的再次重逢那么惊喜，还像垂直降落的坦白那么释怀，更像直入云霄的彩虹，美得那么自信。总之,读好诗的时候,我是有能量的,我是非凡的,我是看得到希望的。是的,读诗,使我能从庸常的时间里抽身出来,走进美好的时空中,这些诗句,会像一匹匹长着翅膀的白马,把我带到一个个情景不同却又十分理想的王国。当我的心处在这些令人激动和向往的意境中时,词和语言就是顺理成章的事了。

受诗歌王国的浸染,我手写我心,一以贯之几十年,把生活诗化,把诗生活化。日复一日,写诗成了我的一种生活模式,一种自得其乐、百害不侵的生活模式。但是,在物华天宝、人杰地灵的文化大省江西,有才华的诗人比比皆是,所以,我喜欢写,却没刻意去找有影响力的报刊发表,更没结集出版。

这次成书,可以说很偶然,但也是一种必然。谁让我生长在美丽富饶的赣鄱大地?谁让我对诗歌的感情是爱不知所起,一往而情深?谁让我日积月累写了几百首?又是谁像上帝之手,把我的诗,从浩瀚如烟的诗海里打捞出来,拈到中国诗歌领军人谭五昌教授面前,让他多看了一眼?

没错啊,只因为这多看了一眼,陌上就开花了。

舒喆

2023 年 6 月 22 日